OLIVIA
vende galletas

adaptado por Natalie Shaw
basado en el guion "La buena suerte de Olivia" escrito por Jill Gorey y Barbara Herndon
traducción de Alexis Romay
ilustrado por Patrick Spaziante

Simon & Schuster Libros para niños
Nueva York   Londres   Toronto   Sydney   Nueva Delhi

Basado en la serie de televisión OLIVIA™ que se presenta en Nickelodeon™

SIMON & SCHUSTER LIBROS PARA NIÑOS
Publicado bajo el sello editorial de la División Infantil de Simon & Schuster
1230 Avenue of the Americas, New York, New York 10020
Primera edición en lengua española, 2013
Olivia™ Ian Falconer Ink Unlimited, Inc. and © 2013 Ian Falconer and Classic Media, LLC
Traducción © 2013 por Ian Falconer and Classic Media, LLC
Todos los derechos reservados, incluido el derecho a la reproducción total o parcial en cualquier formato.
SIMON & SCHUSTER LIBROS PARA NIÑOS y el colofón son marcas registradas de Simon & Schuster, Inc.
Publicado originalmente en inglés en 2013 con el título *Olivia Sells Cookies* por Simon Spotlight, bajo el sello editorial de la
División Infantil de Simon & Schuster.
Traducción de Alexis Romay
Para obtener información respecto a descuentos especiales en ventas al por mayor, diríjase a Simon & Schuster Special Sales al
1-866-506-1949 o a la siguiente dirección electrónica: business@simonandschuster.com.
Fabricado en los Estados Unidos de América 1112 LAK
10 9 8 7 6 5 4 3 2 1
ISBN 978-1-4424-5967-0
ISBN 978-1-4424-5968-7 (eBook)

Era la hora del desayuno, pero Olivia estaba demasiado ocupada como para sentarse.

—¿Alguien ha visto mis mallas de la buena suerte? —preguntó Olivia.

— A mí ni me mires. Yo ni siquiera sé que son las mallas —dijo Ian.

Olivia le explicó que sus mallas de la buena suerte eran elásticas y tenían franjas rojas y blancas.

—Déjame ver. A lo mejor me las puse por accidente —respondió el papá.
Mamá se echó a reír. —Cariño, tienes una gaveta llena de mallas —dijo.
—Pero no son mis mallas de la buena suerte —explicó Olivia—. No me
ayudarán a correr más rápido, ni a saltar más alto, ni a...

Olivia dejó de hablar cuando vio a William entrar gateando a la cocina, arrastrando su colcha de bebito.

—¡Ahí están! —dijo Olivia—. ¡Están pegadas a la colcha de William!

Poco después, en la escuela, llegó el momento de la lección oral. Olivia pidió ir primero.

—Estas son mis mallas de la buena suerte —dijo Olivia—. ¡Me ayudan a hacer cosas asombrosas!

—¿A qué te refieres? —preguntó la señora Hoggenmuller.

Olivia se imaginó que era la estrella del circo.

—¡Presentamos a Olivia y sus mallas de la buena suerte! —dijo el anunciador.

Olivia y sus mallas de la buena suerte montaban un uniciclo mientras hacían malabares. Olivia se inclinó ante la audiencia que la aplaudía y le daba una cerrada ovación...

Después le tocó el turno a la lección oral de Francine.

—¡Este es el trofeo que me gané el año pasado por vender la mayor cantidad de galletas en la Tropa de Jóvenes Pioneros! —dijo Francine—. ¡Hasta sacaron mi foto en el periódico! ¡Soy la mejor vendedora de galletas de todos los tiempos!

—¡Bueno, pues este año seré *yo* quien va a vender más galletas! —anunció Olivia.

—Pues buena suerte, Olivia —respondió Francine—. ¡Que gane la mejor vendedora de galletas!

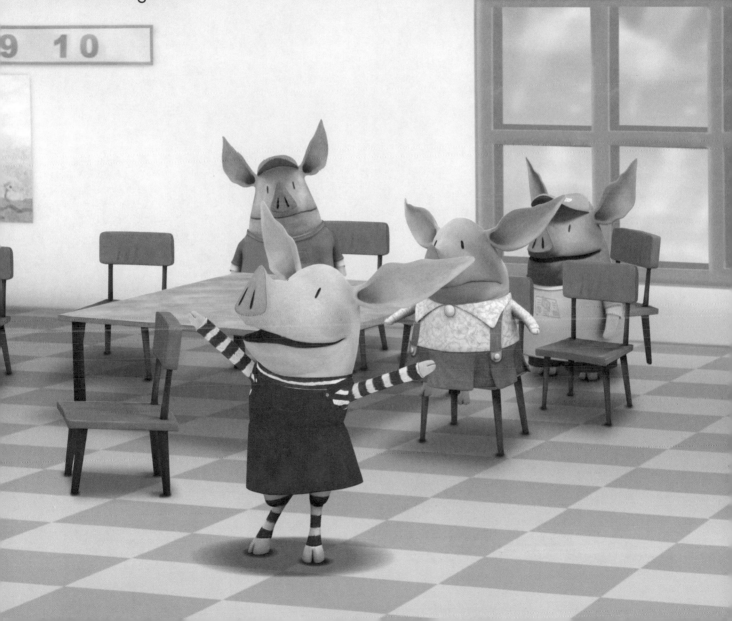

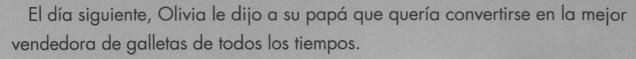

El día siguiente, Olivia le dijo a su papá que quería convertirse en la mejor vendedora de galletas de todos los tiempos.

—Así que... ¿cuántas cajas quieres comprar? —preguntó.

—¡Me gusta tu entusiasmo, Olivia! —respondió el papá—. Voy a comprar dos cajas.

Olivia estaba sorprendida.

—¡Dos cajas! ¿Nada más?

—Querida, no necesitamos tantas galletas en la casa —dijo el papá—. Además, para ser una buena vendedora, tienes que salir a vender... y no sólo a tu familia.

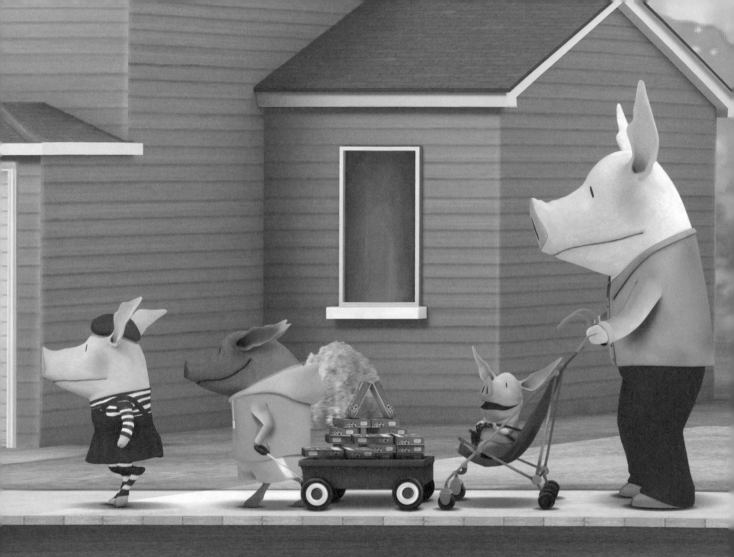

Julián se ofreció a ayudarla a vender galletas.

—Gracias, Julián —dijo Olivia mientras caminaban a la primera casa—.
Vamos a tener que trabajar muy duro para vender las galletas hoy, pues me
faltan mis mallas de la buena suerte… ¡otra vez! Pero creo que aun así podremos
hacerlo.

Llamaron a la puerta de la señora Casey.

—¡Hola, Olivia y Julián! —dijo la señora Casey—. ¿Qué se les ofrece?

—Bueno, señora Casey —contestó Olivia—. ¡Estamos aquí para venderle cajas de galletas!

Pero la señora Casey ya le había comprado galletas a Francine. Olivia y Julián le dieron las gracias y se dirigieron a la siguiente casa.

La familia de la casa de al lado también le había comprado galletas a Francine, pero Olivia y Julián no se dieron por vencidos. Llamaron a la puerta de la casa siguiente, pero esos vecinos ya tenían una caja de galletas.

—Déjenme adivinar: ¿Francine? —preguntó Olivia.

Mientras tanto, los trabajadores de la construcción estaban perforando el pavimento con un martillo neumático y el ruido estaba haciendo llorar a William.

—Quizás deberíamos encontrar un lugar más tranquilo para vender galletas —sugirió el papá de Olivia.

—¿Qué les parece la tienda de víveres? —preguntó Olivia.

Cuando llegaron a la tienda de víveres, Olivia estaba esperanzada.

—¡Vamos a vender tantas galletas! —le dijo a Julián—. ¡Me pregunto qué va a pensar Francine de mi brillante idea!

—¿Por qué no se lo preguntas? —dijo Julián, señalando a Francine.

Por supuesto, Francine también estaba vendiendo galletas en la tienda.

—¿Sabes una cosa, Olivia? Ya las he vendido casi todas —dijo con una sonrisa—. ¡Vas a tener que esforzarte mucho si quieres ser la mejor vendedora de galletas de todos los tiempos!

Olivia y su papá regresaron a casa. Olivia se estaba sintiendo desalentada.

—Siento que no hayas vendido más galletas hoy, querida —le dijo el papá.

—Oye, ser vendedora no es tan fácil como me imaginaba —dijo Olivia.

Entonces la mamá de Olivia entró, cargando a William mientras intentaba consolarlo.

—La colcha favorita de William se encogió al lavarla, y ahora no deja de llorar —dijo la mamá—. Así que pensé que a lo mejor le gustaría este osito.

—¡Guaaa! —chilló William, y tiró al osito detrás del sofá.

Olivia fue a recoger el osito y vio algo más detrás del sofá. ¡Sus mallas de la buena suerte! William también vio las mallas de la buena suerte. Dejó de llorar de inmediato.

—Toma, William —dijo Olivia, dándole las mallas de la buena suerte a su hermanito—. Creo que tú las necesitas más que yo.

—Olivia, es muy agradable de tu parte que le hayas dado tus mallas de la buena suerte a William —dijo la mamá—. ¡Eres la mejor hermana mayor de todos los tiempos!

William gorjeó y soltó unas risitas y hubo paz y tranquilidad en la casa... hasta que el sonido del martillo neumático comenzó afuera de nuevo.

—Esos trabajadores de la construcción han estado allá afuera todo el día —dijo la mamá.

—Tienes razón —dijo Olivia. Y entonces se le ocurrió una idea maravillosa—. ¡Y seguro que están muy hambrientos!

Olivia salió corriendo y vendió el resto de las galletas a los trabajadores de la construcción.

—No creo que vendí la mayor cantidad de galletas, pero al menos vendí todas mis cajas —le dijo a su familia—. ¡Y hasta lo hice sin mis mallas de la suerte!

—¡Bravo, Olivia! —dijo su papá.

Esa noche, a la hora de dormir, Olivia le dio un bulto de libros a su mamá.

—Por lo general, cuando me pongo mis mallas de la buena suerte, me lees cuatro libros antes de acostarme a dormir —explicó Olivia.

Su mamá y su papá estuvieron de acuerdo, ya que las mallas de la buena suerte fueron lo único que impidió que William siguiera llorando.

—Mis mallas de la buena suerte son más suertudas de lo que pensé —susurró Olivia, pero había sido un día muy largo, así que pronto se quedó dormida.